CATALOGUE

D'ESTAMPES

DES

Écoles Française et Anglaise

DU XVIIIᵉ SIÈCLE

PIÉCES IMPRIMÉES en NOIR et en COULEURS

DESSINS

PEINTURES

Dont la vente aux enchères publiques aura lieu

HOTEL DES COMMISSAIRES-PRISEURS, Rue Drouot, nᵒ 9.

SALLE Nᵒ 8

LE MARDI 23 JANVIER 1900

à 2 heures précises

PAR LE MINISTÈRE DE :

Mᵉ MAURICE DELESTRE. Commissaire-Priseur
5, Rue St-Georges.

Assisté de M. Loys DELTEIL, artiste graveur, expert
67, Rue Ste-Anne.

PARIS 1900

CATALOGUE
D'ESTAMPES

DES

Écoles Française et Anglaise

DU XVIIIe SIÈCLE

PIÉCES IMPRIMÉES en NOIR et en COULEURS

DESSINS

PEINTURES

Dont la vente aux enchères publiques aura lieu

HOTEL DES COMMISSAIRES-PRISEURS, Rue Drouot, n⁰ 9.

SALLE N⁰ 8

LE MARDI 23 JANVIER 1900

à 2 heures précises

PAR LE MINISTÈRE DE :

Me MAURICE DELESTRE. Commissaire-Priseur
5, Rue St-Georges.

Assisté de M. LOYS DELTEIL, artiste graveur, expert
67, Rue Ste-Anne.

PARIS 1900

CONDITIONS DE LA VENTE

Elle sera faite au comptant.

Lee acquéreurs paieront *cinq pour cent* en sus des adjudications.

M. Loys Delteil, chargé de la vente, remplira les commissions que voudront bien lui confier les personnes ne pouvant y assister.

MM. les amateurs pourront visiter la collection, *67, Rue Ste-Anne, du Jeudi 18 Janvier au Lundi 22 inclus, de 9 h. à 3 h.*

DÉSIGNATION

ESTAMPES

Adresses

1 — Chereau (Jacques Simon). *Magasin d'Estampes, Rue St-Jacques au Coq*. Grand in-4. Très belle épr., marges. Rare.

2 — *Aux Armes de France et de Navarre, BOUTON, Papetier Cartier. — A la Teste noire, Larcher,* 2 types — Librairie du Parnasse — Adresses typographiques de Crenet fils — Oblin — Ponche — Vincenot. Treize p. Belles épreuves.

Alix (P. M.)

3 — Diderot, d'après L. M. Vanloo. Très belle épreuve impr., en couleurs, marges.

4 — Helvétius, d'après L. M. Vanloo. Très belle épreuve, impr., en couleurs, marges.

5 — Dumouriez (C.F.), Général, ovale in-8. Superbe épreuve, impr., en couleurs, grandes marges.

6 — Le Pape Pie VII, d'après J.B. Wicar. In-fol. Très belle épreuve impr,, en couleurs, marges.

7 — Michu, de l'Opéra-Comique. In-fol. Superbe épreuve. impr., en couleurs, à grandes marges.

Almanachs

8 — Almanach de l'époque Louis XVI, avec douze sujets gracieux en médaillons. Deux p., grand in-8. Très belles et rares épreuves avant toutes lettres.

9 — *Etrennes patriotiques ou Recueil anniversaire d'Allégories, sur les Epoques du Règne de Louis XVI composées et dédiées au Roi par le Ch^{er} de Berainville* frontispice, titre orné, treize vignettes gravées par Voysard, treize pages de texte gravé, et calendrier pour l'année 1785 — *Paris, Desnos*, in-64, en 3 volumes se tenant, rel. maroquin rouge, filets ornés. Curieux et fort rare, très bien conservé.

10 — *Les Jeux de l'Enfance, Almanach nouveau pour l'Année 1800 — Paris, Marcilly* — volume minuscule contenant 12 compositions et 64 p. de texte, rel. maroquin vert, filets or.

Artaria (à Vienne chez)

11 — Vue de la Ville de Paris — Vue de la Ville de Londres Rome — Vue générale de la Ville de Vienne. Quatre pièces in-fol., par Ponheimer, Klein et J. Schütz. Belles épreuves coloriées. Ce n° pourra être divisé.

Aubry et de Fraine (d'après)

12 — Le Mariage rompu — La reconnaissance de Fonrose. — L'Acte d'humanité. Trois p. in-fol., par R. de Launay Très belles épreuves, grandes marges.

Baillie (W.) et Amstel (Ploos van)

13 — Intérieur de Tabagie — Intérieurs rustiques. Trois pièces d'après A. van Ostade, impr. en couleurs. Très belles épreuves, deux à grandes marges.

Baudouin (d'après P.A.)

14 — Le Catéchisme (E. B. 12) — Le Confessional (15). Deux p., par P.E. Moitte, faisant pendants. Belles épr., une à grandes marges.

15 — L'Epouse indiscrète, par N. de Launay, 1771 (E. B. 21) Très belle épreuve, légèrement tachée, marges.

Boilly (d'après L.)

16 — La Jardinière, par S. Tresca. Belle épreuve, impr. en couleurs, marges.

17 — Le Sommeil trompeur, par F.J, Wolff. In-fol, Très belle épreuve, marges.

Bonnet (L. M.)

18 — Le Déjeuné, d'après J. B. Huet. Très belle épreuve impr. en couleurs, marges·

19 — La Jarretière — La belle Toilette. Deux pièces in-fol.,
d'après J.B. Huet. Belles épreuves, impr. en couleurs,
à grandes marges.

20 — Le Bon Logis, d'après Le Clerc. Très belle épreuve
impr. en sanguine, marges.

21 — Mlle Vanloo, d'après Carle Vanloo. In-fol. Belle épr.
sur papier brun avec rehauts de blanc.

22 — Bazile et Luzy — Bazile et Laurette. Deux p., d'après
Aubry faisant pendants. Belles épr., impr., en couleurs.

23 — *The Charmes of the Morning* — La Bergère — Les
Pêcheurs. Trois pièces.

Borel (d'après A.)

24 — *Vous avez la clef..... mais il a trouvé la serrure*,
par J.L. Anselin. Très belle épreuve sans marges,

Bosio (d'après D.)

25 — Le Lever des ouvrières en linge — Le Coucher des
ouvrières en linge. Deux pièces se faisant pendants.
Belles épreuves, coloriées, encadrées.

Boucher (d'après F.)

26 — *De trois choses en ferez-vous une ?* par Fessard.
Très belle et très rare épreuve à l'état d'eau-forte pure,
marges.

27 — Le Magnifique, par N. de Larmessin. In-fol. Belle
épreuve, grandes marges.

28 — Jupiter et Calisto — Jupiter et Léda. Deux p in-fol.,
par R. Gailiard et Ryland. Belles épreuves, marges.

29 — Le Sommeil interrompu — Le Messager discret —
Erigone vaincue — L'Agréable leçon — Le Berger récom-
pensé. Cinq pièces in-fol., par R. Gaillard, Beauvais et
Duflos. Belles épreuves.

Boutons (Motifs pour)

30 — Attributs divers. Vingt motifs sur une même planche
Belle épreuve impr. en deux tons. Très rare.

31 — Amours — Figurines antiques. Quatre-vingt-quatorze sujets sur deux pl. Belles épreuves.

Caresme (d'après Ph.)

32 — Les Amants satisfaits par Phelipeaux. Belle épreuve impr. en couleurs, marges.

33 — La Culbute imprévue, par J. Morret. Belle épreuve impr. en couleurs. marges.

Cathelin et Wille

34 — Provence (M. L. J. de Savoie, comtesse de), d'après Drouais — Largillière (Marguerite Elisabeth de), d'après N. de Largillière. Deux p. Très belles épreuves.

Challe (d'après M. A.)

35 — *The Officious waiting Woman*, par A. Chaponnier In-fol. Bonne épreuve doublée.

Chardin (d'après J. B. S.)

36 — Le Dessinateur, par J. J. Flipart (E.B. 14). Petit in-fol. Belle épreuve.

37 — Etude du Dessein, par Le Bas (18). In-fol. Belle épr.

38 — Le Souffleur, par Lépicié, 1744 (40). In-fol. Belle épr.

Chasse (Estampe sur la)

39 — Le Lancer, par Vogel, d'après H. Alken. In-fol. Belle épreuve, coloriée.

Cochin fils (d'après C. N.)

40 — La Justice protège les Arts — Hommage des Arts. prix d'Emulation — La Fontaine enchantée de la vérité d'Amour — Trois p. in-fol., par Demarteau, Prevost et St-Aubin. Belles épreuves, la 1re impr. en sanguine.

Coqueret (P. C.)

41 — Les Amours. Suite de six p. in-fol., d'après Raphaël.
Belles épreuves impr. en couleurs, toutes marges.

Cosway (d'après R.)

42 — A ffection — Emma — Deux pièces in-4 anonymes.
180.. Belles épreuves coloriées, à grandes marges.

Crepy (à Paris chez)

43 — Portrait en pied de Marie-Antoinet*e, *d'après le
buste et modèle de M. Boizot.* In-fol. Belle épreuve.

Debucourt (P. L.)

44 — Annette et Lubin (M. Fenaille 22). In-fol. Très belle
épreuve impr. en couleurs, du 4e état, avant que la date:
15 Juin 1789 n'ait été enlevée, marges.

45 — Les Courses du Matin ou la porte d'un Riche (M. F.
173). In-fol., 1805. Très belle épreuve en couleurs, du
3e état, grandes marges.

46 — Le Cosaque galant (340). — Tambours Russe et
Anglais (343). Deux pièces d'après C. Vernet. Très
belles épreuves coloriées, marges. Encadrées.

47 — Route de Poissy d'après C. Vernet (404). Très belle
épreuve coloriée du 2e état, avant que l'adresse de
Bance n'ait été effacée, grandes marges.

48 — Route de St-Cloud, d'après C. Vernet (405). Très
belle épreuve, coloriée du 2e état, à grandes marges.
Encadrée.

49 — Route de Poste, d'après C. Vernet (406). Très belle
épreuve, coloriée du 2e état, grandes marges.

50 — Marche d'Officiers Anglais — Promenade anglaise —
Adieux d'un Russe à une Parisienne — Passez, Payez
— Course anglaise, Cinq pièces, coloriées, marges.

De Machy et Perney (d'après)

51 — Vue des environs de Rome — Environs de Rome.
Deux p., ronde et ovale par De Machy et Descourtis.
Belles épreuves, impr., en couleurs.

Demarteau (Gilles) ·

52 — Tête de jeune Femme, d'après Watteau (419). Très belle épreuve impr. en deux tons.

53 — Vénus sur les eaux — Jeune Femme et Amour endormis — Groupe de six Amours — Modèle du Lit exécuté pour le Dauphin. Quatre pièces in-4 et in-fol., d'après Boucher et Huet. Très belles épreuves impr. en sanguine.

54 — La Dormeuse — La Ménagère endormie — La Justice protège les Arts — La Justice fait prendre la plume, la Raison dicte — Chapeau au Ballon. Cinq p., d'après J. B. Huet, Boucher, Cochin et Le Prince. Belles épr,, impr. en sanguine, une avant toutes lettres.

55 — Animaux, Sujets et Motifs de Chasse. Vingt-quatre p., d'après J.B. Huet et Dagommer, impr. en sanguine.

Descourtis (C. M.)

56 — La Prière interrompue — L'Hermite du Colisée. Deux pièces, d'après H. Robert, faisant pendants. Très belles épreuves, impr. en couleurs, sans marges.

57 — Chapelle de Guillaume Tell — Torrent de Gelten — Chute du Staubach — Le grand Théâtre des Alpes — Glacier du Ratzliberg. Cinq pièces, in-fol. Belles épr., imp.. en couleurs.

Doublet (d'après)

58 — Ariette de Rosette et Colas — Quatuor de Lucile. Deux pièces faisant pendants, par J. N. Boillet. Très belles épreuves, imp. en sanguine.

Dutailly (d'après)

59 — On doit à sa Patrie le sacrifice de ses plus chères affections, par Coqueret. Belle épr., impr. en couleurs, marges.

Ecole Anglaise

60 — *Ladit Boobi* — *Mis Famic*. Deux petites pièces ovales, en couleurs. Belles épreuves, marges.

Ecole Française

61 — La Désolée. In-fol. Très belle et rare épreuve avant toutes lettres, grandes marges.

62 — Il est glorieux de mourir pour sa Patrie — Comptez sur mes Serments — Marguerite Siméonne Pouget — Les trois Grâces. Quatre pièces par Coqueret, St-Aubin, Chevillet et Ch. Eisen, la 1ʳᵉ impr. en couleurs.

63 — L'Abandon voluptueux — Le Traitant — L'Amour quêteur — Mlle Sallé — En-tête pour la Galerie de Dresde. Cinq p., d'après Borel, Dumesnil, Vanloo, Eisen, par Dennel, Lucas, Chereau jeune, N. Le Mire. Belles épreuves, une coloriée·

64 — La Jardinière — La déclaration d'Amour — Le serment d'Amour — La bonne Mère — Jupiter et Io — Jupiter et Antiope. Six p., in-fol., d'après Fragonard, Queverdo, Monnet et Wheatley, par N. de Launay et autres.

65 — Le Raisin — Je l'aurai — Angélique et Médor — Necker — Colbert — Gaston de Foix. Six pièces par Simon Petit, N. de Launay et Sergent, trois impr. en couleurs.

66 — Héloïse — Abeilard — La Fidélité surveillante — Ils s'enchantent — Le Déserteur, Sept p., d'après Queverdo, Deshayes, par Dambrun, Droyer, Hemery.

67 — Les petits Savoyards — On y va deux — Le Prix de la Course — Le Dauphin labourant — Kermesse — Coiffures. Dix p., d'après Lawreince et autres. Bonnes épreuves, une impr. en couleurs, deux coloriées.

68 — Les Occupations et les Amusements de l'Hiver — Le Carquois épuisé — L'Eau — Cléopâtre — La Peinture La Sculpture — L'Architecture, etc. Dix pièces d'après Schenau, Baudouin, Vanloo. Bonnes épreuves.

69 — Revue de la Maison du Roi, au trou d'Enfer — La Tempête — Rosalind et Celia — C'est un fils, Monsieur Le Diable à quatre — Le Qu'en dira-t-on — Les Nouvellistes — La Bergère rusée — Sujets gracieux. Seize p., d'après Le Paon, Vernet, Moreau le jeune, Le Prince, Watteau, Queverdo et autres, par Le Bas, Baléchou, Chevillet, Bartolozzi, etc., deux à l'eau-forte pure. Bonnes épreuves.

70 — Vénus, par Angélique Briceau — Soir, par N. F. Regnault — L'Amant muletier — Le Raisin — Marines, d'après J. Vernet, etc. Dix-sept pièces, une impr. en couleurs.

71 — Fables de La Fontaine, écrans — Léandre et Colombine — Colombine et Crispin — Sujets divers. Vingt-deux p., par Bonnet, Chevillet, Baléchou, Fréudeberg, d'après Gravelot, J. Vernet, H. Robert et autres. Bonnes épreuves.

72 — Sujets divers — Bacchanales — Costumes Russes. Soixante-deux eaux-fortes par J. B. Huet, Le Prince, L. F. Du Bourg, Vien, Sablet, Peyron, la plupart en très belles épreuves.

Eisen, père (d'après F.)

73 — La Folie du Siècle — La Sultane reconnaissante. Deux p., par Mme Dupuis et Macret. Belles épreuves.

Eisen (d'après Ch.)

74 — La Nuit, par Patas. Epreuve impr. en noir bistré et en sanguine, puis coloriée, sans marges.

75 — Bal chinois. In-fol. Belle épreuve, marges.

Ex-libris

76 — Ex-libris M. G. de la Maison de St-Cyr (vers 1680). De toute rareté.

77 — Amédée Lulin, par B. Picart, 1722 — Anonyme, jolie pièce — P. L. de Carbon, par Baour — De St-Maurice — Bibliothèque des ducs de Bavière, 1746 — de Joubert — Bibliothèque de Meaux. Sept pièces. Très belles épr., plusieurs très rares.

78 — De Choiseul, par C. S. Gaucher — Riston, par Collin De Bailleul, par Campion — Henault — Saulot de Bospin L. Le Couteulx — Dumont (J. F. J.) Huit pièces. Belles épreuves.

79 — Tremouille (Marie de la Tour d'Auvergne, duchesse de la) — Anonymes. signés : *A. Vallée* et *Ant. Opdebeck* — C. M. B. — Jacob Maximilien — Neuf p,, in-12 et in-4 Belles épreuves.

80 — Ochsenstein (H. C. ab.), par Rossler — Quinquerau (H. de) — Tralage (J, N. de) — Maneval (Louis de), par C.M. — Launay (Jean, baron de), 1662 — Godefroy (D.) Dufau (Bernard) — Xaupi (J.) — Dubreuil — Luzerne (de la) — Chavannes (J.) Onze pièces, plusieurs rares. Belles épreuves.

81 — Bally (Joseph) — Garnier — Dumoustier de Vatre (P. J.), par H. Bonnard — Langlois (J. F.) — Beaujé (E.) Le Tellier de Courtanvaux — De Savuion — Anonymes Douze pièces. Belles épreuves.

82 — Aubigny (Richard d') — St-Port (J.B. de) — Ruffey (Richard de) — Cochon (P.) — Fourcy (B. H. de) — Derode — Oyen (H. van) — Pont de Romémont — Durey de Noinville (J. B.) — Douet de Vichy (C.G.) — Quinze pièces. Belles épreuves,

83 — St-Maurice — Titon de Villotran — de Fleurieu — Mis de Bièvre — J. M. de Catellan — H. de Quiqueran de Beaujeu — J. L. de Rochemore — Anonymes. Vingt pièces. Belles épreuves, plusieurs rares.

84 — Huguenin Dumitand (F.), par M. Thevenard — Lallement du Betz — Jacquinet (P.) — De Lamonard — Lamoignon — Le Bourg — Papion, de Tours – Tilly (C. de) — Rousseau (Cl. B.) — Anonymes.Vingt pièces. Belles épreuves.

85 — Coquereau — Morel Depeisses — de Courten, 1773 P. H. Boecleri — Bourlet de Vauxcelles — Gravelle de Fontaines — de Fauconpret — A.G.Vichet — Anonymes D. Margiec — B. Dufau — Dhyenville. Vingt-et-une p. Belles épreuves.

86 — Dubois — Cte de Lamarck — B. J. Macors — Vte Le Veneur — P.F.C. de Valory — T. Bullier — S. Le Cordier Le Vacher du Plessis — Desains — J.B. Philippe — Le Bourg — Rieu, etc. Vingt sept p. Belles épreuves.

87 — Baron (H. T.) — Nicolay — Rousseau-Delaunois — Josse — De Germiny — Caumartin — D. F. Secousse J.B. Descamps, par Le Mire — R.G. Manuel — D. Morand Jaillot — G. de Reynold. etc. Soixante p. Belles épr.

88 — Ex-libris anciens et modernes. Soixante-dix pièces.

Fiesinger (G)

89 — Mirabeau, d'après J. Guérin. Très belle épreuve imp. en bistre, grandes marges.

Fragonard (d'après H.)

90 — Le Sacrifice de la Rose, par N. F. Regnault. Belle épr. avant toutes lettres, marges.

91 — Le Muletier, pour les *Contes de La Fontaine*. Belle et très rare épreuve à l'état d'eau-forte pure, avant toutes lettres, marges.

92 — On ne s'avise jamais de tout, par Patas, Belles épr.

Freudeberg (d'après S.)

93 — L'Heureuse union, par Bosse. Superbe et rare épr. de la planche non encore réduite, une déchirure dans la marge du haut.

94 — La Surprise — La Matinée. Deux p., in-fol., intercalées dans la 2ᵉ édition du *Monument du Costume*. Belles épreuves, grandes marges.

Goya (Fransisco)

95 — Don Gaspar de Gusman — Isabelle de Bourbon. Deux portraits équestres, d'après Velasquez. Belles épr. encadrées.

Guyot (L.)

96 — Ruines d'une Galerie antique à Rome, d'après H. Robert. In-fol. Belle epreuve, impr. en couleurs, sans marges.

Huet (d'après J. B.)

97 — Vénus enflammée par l'Amour, par Bonnet. Superbe épreuve impr. en coulenrs, grandes marges.

98 — Ce qui est bon è prendre est bon à garder, par A· Chaponnier. Très belle épreuve avant la lettre, grandes marges.

99 — La même estampe. Très belle épreuve du même état, impr. en bistre.

100 — La même estampe. Belle épreuve imp. en couleurs, un peu épidermée.

101 — Le Midi, par Demarteau (n° 547). In-fol. Belle épr.
impr., en deux tons.

102 — La Laitière, par Demarteau (n° 407). In-fol· Belle épreuve impr., en deux tons, sans marges.

103 — Offrande à la Beauté, par L. Bonnet. Belle épreuve
impr. en couleurs, sans marges.

104 — Le Marchand de Poisson, par Jubier. Belle épreuve
impr. en couleurs.

105 — Le Petit Cavalier. — Les Petits Gourmands. — Sujet
d'Enfants. Trois p., par L.M. Bonnet. Belles épreuves
impr., en couleurs, marges.

106 — L'Oiseau attrapé. — L'Oiseau échappé. — Le Chas-
seur endormi. — Jeune Fille en buste. Quatre pièces par
Demarteau, Bonnet et anonyme, impr., en deux tons.

Isabey (d'après J.B.)

107 — Le Congrès de Vienne, par J. Godefroy, 1819. Grand
in-fol. Très belle épreuve à toutes marges.

108 — Le Départ. — Le Retour. Deux p., in-fol, par Darcis,
faisant pendants. Très belles épreuves, marges.

Janinet (J.F.)

109 — L'Amour rendant hommage à sa mère, d'après Boucher. Très belle épreuve impr., en couleurs, marges.
Encadrée.

110 — Le Sommeil d'Ariadne, d'après Charlier. Très belle
épreuve impr., en couleurs, marges. Encadrée.

111 — Tarquin et Lucrèce, d'après Ch. Eisen. In-8. Belle
épreuve impr., en couleurs, marges.

112 — Les Trois Grâces, d'après Pellegrini. Belle épreuve
du 1er état avant la lettre et la guirlande, impr., en couleurs, légèrement frottée.

113 — Les Comédiens comiques. — Le Rendez-vous comi-
que. Deux p., d'après Watteau se faisant pendants. Épreuves impr. en couleurs, sans marges.

114 — La Noce de village, d'après P.A. Wille fils. In-fol. Très belle épreuve impr, en couleurs, sans marges.

115 — Melle Colombe l'Aînée, dans *la Colonie*. Ovale in-8 Belle épr., impr., en couleurs, marges.

116 — Henri IV. Ovale in-4. Très belle épreuve avant la lettre, impr., en couleurs.

116bis — Vues de Paris : Cloître des Capucins. — Place Royale. — Jardin des Tuileries. — Les Invalides. — La Monnaie. — Val de Grâce. — Palais Bourbon. — Sorbonne. — Ste Chapelle. — Palais-Royal. Quatorze p., in-4.Très belles épr., imp., en couleurs, grandes marges.

116ter — Vues de Paris : Hôtel-de-Ville. — Lès Invalides. — Louvre. — Val de Grâce. — Place Vendôme. — Place Louis XV, etc. Douze p., in-4, impr. en couleurs. Belles épr., grandes marges.

117 — Restes du Palais du Pape Jules, d'apr. H. Robert, 1775. Belle épreuve impr., en couleurs.

118 — Les Restes d'un Palais Égyptien. — Reste d'un Temple aux Environs de Puzzole. Deux p., in-fol., d'après Panini et Clérisseau. Belles épreuves impr., en couleurs

119 — Coiffures de Femmes. Trois pièces ovales. Très belles épreuves impr. en deux tons, sans marges. On y a joint deux autres p., éditées chez *Charbonnier*, et deux ronds d'ap. Hubert-Robert. En tout sept pièces.

120 — Têtes de Femmes. — Amours. — Paysages. Dix petits motifs pour *boutons*. Belles épreuves impr., en couleurs.

121 — Le Baiser amoureux. Pièce in-4 de forme ovale. Bonne épreuve impr. en couleurs. Encadrée.

Janinet, Guyot, Bonnet.

122 — Monument à la Gloire de la Nation. — Hôtel de l'Assay vu de la Cour. — Environs de Coulanges. — Les Collèges à Venise. — Ermenonville ?. — La Nerwa. Six p., impr., en couleurs. Belles épreuves, une sans marges.

Jazet (J, P. M.)

123 — La Promenade du Jardin Turc, d'après J.J. de B. Très belle épreuve impr., en couleurs, marges.

Kauffman (Angelica)

124 — Portrait de l'artiste. sous la figure de Junon. — Rêverie. — Renaud et Armide, 1er et 2e états. Quatre pièces. Très belles épreuves.

Kauffman (d'après Angelica)

125 — L'Innocence enchaînée par l'Amour, in-fol., de forme ronde, par R.S. Marcuard. Belle épreuve avant la lettre, impr., en bistre.

126 — Maria, par W. Wynne Ryland 1779. Ovale in-fol. Belle épreuve impr. en sanguine, marges.

Knight (C.)

127 — Harvest scène. — Hay Makers in a storm. Deux p., in-fol., faisant pendants, d'après R. Westall, 1798. Très belles épreuves. Encadrées.

Lavreince (d'après N.)

128 — La Comparaison, par J.B. Chapuy (E.B. 12 A). Très belle épreuve impr., en couleurs, marges. Rare

129 — Ha ! le joli petit Chien, par Janinet (E. B. 27). Belle épreuve du 2e état, impr. en couleurs. Encadrée.

130 — Nina (Mme Dugazon), par Colinet (E.B. 41). Epreuve sans aucune lettre, impr. en couleurs. sur soie, doublée.

131 — Valmont and Emilie, par R. Girard (E. B. 62). Belle épreuve, coloriée, d'un état *non décrit* avec ce titre : *Cette complaisance...* marges.

132 — Le Séducteur (E.B. app. 7). In-fol. Tres belle épr. à l'état d'eau-forte d'une pièce très rare, qui n'a pas été terminée.

Lebarbier l'aîné (d'après J. J. F.)

133 — Diplôme de la Sociéte Philotechnique de Paris, avec vignette gravée par C. S. Gaucher. Cinq très belles épreuves d'états et d'impressions différents.

Le Clerc (d'après)

134 — *Coeffure nouvelle* (Cahier OO). Belle épreuve à
grandes marges, coloriée (le n° gratté).

135 — Etude de l'Architecture — Etude dé la Musique.
Deux p. ovales, par L. Bonnet, impr. en sanguine.

Le Gendre (d'après)

136 — La Jeune Sultane, par Chevillet. In-fol. Très belle
épreuve.

Le Prince (d'après J. B.)

137 — La Lettre envoyée, par N. de Launay, 1768. Deux
belles épreuves dont une avant l'encadrement, à l'état
d'eau-forte pure.

138 — Les Modèles, par de Longueil, 1780. Belle épreuve.

Lespinasse (d'après le Chevalier de)

139 — Vue de Trianon, prise du Jardin anglais, fête de
nuit, par Née. In-4. Très belle et rare épreuve, avant
toutes lettres, marges.

Levachez

140 — Artois (Ch. Phil., comte d'), d'après Laplace. Ovale
in-4. Très belle épr., impr. en couleurs, toutes marges.

Martinet (à Paris chez)

141 — Paris tel qu'il est ou le Trompe l'œil. Curieuse pièce
Très belle épreuve coloriée. Encadrée.

Moitte (d'après P. E.)

142 — La Curiosité punie, par Deny Belle et très rare épr.
à l'état d'eau-forte pure.

Moreau le jeune (d'après J. M.)

143 — Le Seigneur chez son Fermier, par J. L. Delignon. Belle épreuve.

144 — Le Pari gagné, par Camligue. Belle épreuve.

Muller (J. G.)

145 — Graff (Ant.), d'après lui-même. In-fol. Très belle épreuve avant la lettre, grandes marges.

Nattier (d'après J. M.)

146 — Châteauroux (Duchesse de), sous la figure de la *Force*, par Baléchou, Belle épreuve.

Noël (à Paris, chez)

147 — Marie-Louise, Impératrice des Français. In-8. Très belle épreuve, impr. en couleurs. Rare.

Porporati

148 — Suzanne au bain — Le Coucher. Deux p. in-fol., d'après Santerre et J. Vanloo. Belles épreuves.

Queverdo (d'après F. M.)

149 — La Fille surprise, par Patas. In-fol. Belle épreuve.

Regnault (N. F.)

150 — Le Matin — Le Soir. Deux p., in-fol., faisant pendants. Très belles épreuves avant la lettre, le nom de l'artiste tracé à la pointe, toutes petites marges, Rares.

Ridinger (J. E.)

151 — Frédéric, roi de Prusse — Adolphe Frédéric. Deux portraits équestres. Belles épreuves, encadrées.

Rowlandson (d'après)

152 — *The Assaut of fencing match, which, took place at Carlton-House on the 9th of April 1787 between Mademoiselle la Chevalière d'Éon de Beaumont, and Monsieur de St-George.* In-fol. Belle épreuve. coloriée, avec marges et remargées. Encadrées.

153 — *Mr H. Angelo's fening academy.* Pièce in-fol., par Rosenberg. Belle épreuve, coloriée, remargée. Encadrée

Saint-Aubin, (d'après Aug. de)

154 — *The first arrived come best served — The Place to the first occupier* (E.B. 404-405). Deux p., faisant pendants, par Sergent, 1786. Très belles épreuves imp. en couleurs, remargées. Encadrées.

Saint-Aubin (Gabriel de)

155 — Laban cherchant ses dieux (P. de B. 1). Très belle épreuve du 3e état.

156 — Allégorie sur la convalescence du Dauphin 1752 (P, de B. 3). Superbe épreuve du 2e état, de la collection Robert-Dumesnil. Rare.

Schall (d'après F.)

157 — Le premier Baiser de l'Amour, par A. Legrand. In-fol. Belle épreuve impr. en couleurs et coloriée.

158 — Le Rocher de Meillerie — L'Elisée. Deux p., in-fol., par Aug. Le Grand. Belles épreuves à grandes marges.

159 — Quatre pièces in-fol., de l'Histoire de Paul et Virginie, par Descourtis. Bonnes épreuves impr. en couleurs.

Smith (J.R.)

160 — *Expectation,* d'après H.W. Bunbury. Pièce de forme ronde Belle épreuve coloriée. Encadrée.

Smith (d'après J.R.)

161 — Une Femme mariée, par J.P. Levilly. Petit in-fol. Très belle épreuve, marges.

Vangorp (d'après)

162 — L'Etude du Dessin, par J. Eymar. In-fol. Belle épr.,
coloriée.

Vernet (d'après Carle)

163 — La Danse des chiens, par Levachez. In-fol. Belle épr.
en couleurs, sans marges. Encadrée.

164 — Les Ennuyés chez eux (Intérieur du Café Procope),
par Coqueret. Belle épreuve, à grandes marges.

Vernet (d'après Carle et Horace)

165 — RECUEIL DE CHEVAUX DE TOUS GENRES,
*dessinés, par Carle et Horace Vernet, et gravés par
Levachez*, titre illustré et planches 1 à 42 inclus (1ᵉ, 2ᵉ
3ᵉ . 4ᵉ suites). Très belles épreuves a toutes marges en
un recueil, cart.

Vigée (d'après L.)

166 — Babichon, par F. Basan. Belle épreuve.

Vignettes

167 — Têtes de Pages et Culs-de-lampe, par F. De Ghendt,
et Le Gouaz, d'après Marillier, pour les *Idylles de
Berquin*, 10 p.,, avant la lettre. — L'Amant de lui-
même, d'apr. N. Monsiau, eau-forte pure. — *L'Heureuse convalescence de M. le Dauphin, allégorie
dédiée à la France*, plaquette renfermant une vignette
d'apr. Depalmeus père, par P. Aveline, 1752, en 4 impr.
différentes. — Les Soirées de Rome, suite de 10 p., par
H. Robert. Vingt-six p. Tres belles épreuves.

168 — Vignettes, En-têtes-de-pages, Fleurons pour: Paul et
Virginie (1 p., eau-f. pure, 1792). — Jérusalem délivrée
— Contes de LaFontaine (Fermiers généraux, Fleurons)
— Zéli au Bain (4 Culs de Lampe) — Œuvres de J. J.
Rousseau, etc. etc. Cent-quarante-neuf p. d'après Cochin,
Moreau, Eisen, Gravelot. par Choffard, St-Aubin. De-
Ghendt, De Longueil et autres. Très belles épr., la plu-
part avant le texte au verso, plusieurs à l'état d'eau-forte
Ce n° pourra être divisé.

169 — Vignettes diverses et Frontispices, d'apr. Cochin, Moreau, Gravelot et autres. Cent pièces Belles épreuves.

Watteau (d'après Antoine)

170 — Têtes de Fantaisie — Scènes de genre — Arabesques Trophées. Trente-sept pièces in-8 et in-4 par Boucher, Huquier, Desplaces et autres. Belles épreuves.

Weis (J. Martin)

171 — *Représentation des Fêtes données par la Ville de Strasbourg pour la Convalescence du Roi, à l'arrivée et pendant le séjour de Sa Majesté en cette Ville. Inventé, dessiné et dirigé par J. M. Weis, Graveur de la Ville de Strasbourg.* Recueil in-fol., contenant un frontispice, le portrait équestre de Louis XV, 11 planches et 20 pages de texte orné. Bel exemplaire à toutes marges avec de légères restaurations dans les marges, relié aux Armes royales.

Wille fils (d'après P. A.)

172 — Amusement du Jeune âge, par Chevillet. In-fol. Très belle épreuve.

PEINTURES

Anonyme (Ecole Anglaise XVIIIe siècle)

173 — Portrait d'homme en buste, grandeur nature, à perruque et jabot de dentelles, les mains croisées sur la poitrine.

Anonyme (XVIIIe siècle)

174 — Personnages de la Comédie Italienne, sur une place publique, en Hollande. Importante composition (plusieurs accrocs).

David (Ecole de)

175 — Scène de l'Histoire Romaine, composition pour un concours de Rome. Encadrée.

Tapisserie

176 — Etude de tête de Femme, d'après Raphaël. Tapisserie des Gobelins sur châssis.

DESSINS

Anonyme

177 — Intérieur de la Halle au Blé de Paris. In-4. A l'encre de chine,

Anonyme (Epoque Louis XVI)

178 Divers motifs de lambris et panneaux — Consoles, etc. Soixante-six motifs, sur vingt feuillets, recto et verso, en un cahier. A la plume et lavis d'encre de chine.

Clodion (attribué à)

179 — Tête de faune, étude à l'huile. Encadrée.

De Lusse

180 — Jeune Femme en buste — Tête de jeune Page — La Frayeur, groupe de quatre têtes. Trois dessins in-fol., un rehaussé de pastel, Signés.

Desrais (C. L.)

181 — Bataille d'Aboukir. In-fol. Beau et important dessin à la plume, lavé d'encre de chine.

Faivre d'Esnans (Laurent)

182 — Entourage orné de style Louis XVI, à l'intérieur on lit, manuscrit : *Arrivées et Départs des Carosses et Postes....* In-4. A l'encre de chine. Signé,

Gamelin (attribué à)

183 — Combat entre les Français et les Autrichiens. — Campement Français. Deux importantes compositions au crayon noir sur papier brun avec rehauts de blanc.

Gillot (dans le goût de Cl.)

184 — Costumes de fantaisie et Travestis. Soixante contre-épreuves et dessins curieux de format in-8, à la sanguine.

Lallemand (attribué à J.B.)

185 — Villa Italiene. — Ruines d'Amphithéâtre romain. — Galeries romaines en ruines. Quatre dessins et contre-épreuves in-fol. à la pierre d'Italie.

Le Prince (Jean-Baptiste)

186 — Paysage avec Ruines, de [forme ovale. In-4. A la sanguine. Signé et daté : 1756.

Osterhuis (H.P.)

187 — Mausolée d'Alexandre 1er, Empereur de Russie, composition allégorique avec le portrait du monarque. In-fol. A l'encre de chine. Signé. Encadré.

Robert (Hubert)

188 — L'Abreuvoir dans les Ruines. Beau dessin à la san-guine. In-fol.

Robert (attribué à Hubert)

189 — Les Blanchisseuses sous un Aqueduc en ruines. In-fol. Aquarelle. Encadrée.

Saint-Quentin

190 — Composition allégorique: divers personnages au pied de la statue de Louis XV, bienfaiteur de l'Agriculture. 1745. In-4. A la plume, lavé de bistre et d'encre de chine.

Tessier

191 — Grande cérémonie patriotique au Champ-de-Mars le 20 pariirial an 2. Beau et important dessin à la plume, lavé de bistre. A été gravé.

Théâtre

192 — Décors de théâtre de l'époque de Louis XIV ? plusieurs dans le goût de Canta-Gallina, avec scènes fantastiques. Vingt-et'un dessins in-fol., au crayon et à la plume, en un volume cart.

Imp. A, Charles, 26, Rue Rambuteau, Paris

RED. :

20

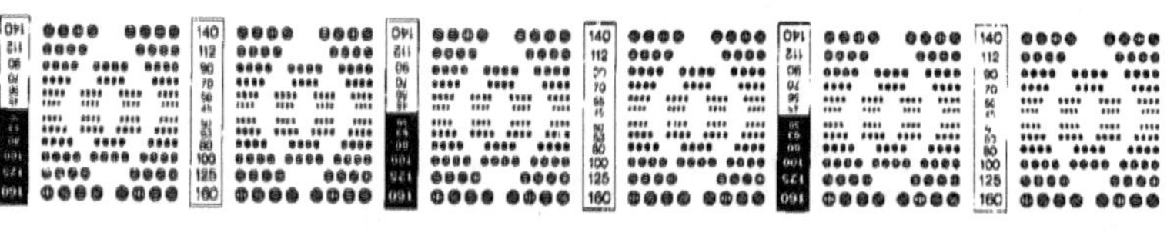

graphicom

379 89 70

MIRE ISO N° 1
NF Z 43-007
AFNOR
Cedex 7 - 92080 PARIS-LA-DÉFENSE

BIBLIOTHEQUE NATIONALE DE FRANCE

****

CHATEAU DE SABLE

1996